Da liegt ein tiefer Schnee
– Briefe an die Mutter –

FSC
www.fsc.org
MIX
Papier aus verantwortungsvollen Quellen
Paper from responsible sources
FSC® C105338

Impressum

c/o easy-shop K. Mothes,
Schloßstraße 20, 06869 Coswig
Titelfoto | Horst Roth

Satz/Layout | Satzmanufaktur
34260 Kaufungen

Verlag: | BoD · Books on Demand GmbH,
Überseering 33, 22297 Hamburg,
bod@bod.de
Druck: | Libri Plureos GmbH,
Friedensallee 273, 22763 Hamburg

ISBN: 978-3-7693-5447-8

Marie Schäfer

Da liegt ein tiefer Schnee

Briefe an die Mutter

Ein Buch muss die Axt sein
für das gefrorene Meer in uns.

Franz Kafka

Montag, 1. Januar

Liebe Mutter,

ich sitze hier an meinem Schreibtisch und beginne Briefe an dich zu schreiben. Briefe, die dich nach unserem Verständnis nicht mehr erreichen.

So viele Jahre bist du nun schon tot, Mutter.

Aber ich denke, dass sie doch zu dir hingelangen werden. Was wissen wir, die wir noch nicht ‚drüben' waren, schon von euch, die wir die Toten nennen? Unsere Sinne sind begrenzt, und es gibt so viele Phänomene in uns und um uns herum, die wir nicht erfassen können, und sie sind doch da. Vielleicht gibt es uralte und nur inzwischen verschüttete Fähigkeiten in uns, Wege zu öffnen, über die wir uns miteinander verbinden können.

Ich weiß, dass es geschehen kann. Einmal – ich habe nie darüber gesprochen – geschah es, dass jemand aus seinem Totsein zurückkam zu mir. Es war Lene, die ich nicht hatte gehen lassen wollen, deren Tod ich nicht ertrug.

Du bist nicht mehr zu mir gekommen, Mutter.

Und Vater, der beschlossen hatte zu gehen – er war so sonderbar tot, so uneinholbar fort.

Ich habe euch vermisst.

Manchmal, wenn ich mit den Kindern hier am Tisch saß, habe ich euch eingeladen, mit uns zu sein. Doch es gelang mir nicht, eure Nähe zu spüren.

Die Trennung schmerzt. Und das, was mich bewegt, diese Briefe an dich zu schreiben, auch.

Ich muss reden, Mutter.

Es liegt noch etwas zwischen uns, etwas Ungeklärtes und Unerlöstes. Wir haben, als es noch Zeit war, versäumt darüber zu sprechen. So ist es liegen geblieben, und wir lebten drüber hin als wäre nichts geschehen.

Ich muss reden.

Meine Zeit wird knapp.

Ich bin inzwischen schon alt geworden, und jeden Tag kann es geschehen, dass ich verstumme. Dann müsste das Unerlöste zwischen uns bleiben.

Sei nicht traurig und beunruhige dich nicht, wenn ich anfange zu klagen.

Höre mich an!

Ich will nur meine Wahrheit sagen. Eine Wahrheit, die im rechten Augenblick nicht gehört wurde. Ich will mich frei sprechen von dem Fehlurteil, das du und Vater, in einem Irrtum befangen, über mich fälltet. Ich will mich erinnern an das, was geschah, und versuchen zu verstehen, wie das alles kam.

Es liegt schon so lange zurück, und eigentlich hätte es vergessen sein können.

Damals, danach, als die Stunden und Tage und Wochen des Unheils vorüber waren ohne sichtbare Folgen, die Emotionen sich gelegt und das Gerede im Dorf abgeebbt war, da hatten wir versucht, wieder Tritt zu fassen und über das hinwegzukommen, was uns so verstörend, jeden auf seine Weise, gefangen genommen hatte.

Wir fügten uns wieder zusammen als Familie. Keine Frage mehr ging von euch an mich und keine von mir an euch.

Nur einmal, da lag das Geschehene noch nicht so lange zurück, da glaubte ich, dich zur Rede stellen zu können wegen der Worte, die du gesagt hattest vom „besser gestorben sein".

Ich weiß nicht mehr, was mich ermutigt hatte, dich anzusprechen.

Es war an einem Sonntag nach dem Mittagessen. Du standest am Herd und scheuertest die

Herdplatte blank. Du sahst nicht auf von deiner Arbeit, sahst mich, die ich nur zwei Schritte von dir entfernt stand, nicht an, scheuertest weiter und beschiedest mich nur knapp: „Das habe ich nicht gesagt", und ließt mich einfach da stehen.

Vielleicht war ich ungeschickt gewesen, vielleicht hatte ich den falschen Zeitpunkt gewählt. Aber ach, ein Wort des Bedauerns, ein Auf-mich-Zugehen und Mich-in-deine-Arme-Schließen hätte genügt, um das in mir Schwärende zu heilen.

So aber blieb es weiter liegen.

Viele Jahre.

„Das Leben geht weiter", hörte ich, besonders euch Frauen, oft sagen.

„Das Leben ist stark", sage ich rückblickend und denke dabei an mein Überleben, mein Weiterleben über deine Worte hinweg, die wie Gift auf mein junges Leben fielen.

Ich will reden, ich will den fremden Mantel, der mir übergeworfen wurde, abtun von meinen Schultern.

Es gibt einen Widerstand in mir, Mutter, dir, einer Toten, etwas nachzutragen. Ich verstoße gegen Regeln. Ich breche ein Tabu. Über Tote etwas zu sagen, gegen das sie sich nicht mehr wehren können, ist unfair.

Und doch glaube ich, dass, indem ich diesen heiklen Weg gehe, ich am Ende etwas bewirkt haben könnte, das nicht nur mich, sondern auch dich erlöst von dem Versagen unserer Liebe.

„Die Zeit heilt alle Wunden", auch diesen Spruch hörte ich oft sagen. Die Zeit kann sie zudecken, vernarben und den Schmerz vergessen lassen, der einmal damit verbunden war.

Damals, danach: Ich war jung, und das Leben wollte wachsen. Es nahm mich wieder auf und mich mit und überschrieb meine Geschichte mit neuen, freundlicheren Erfahrungen.

Dann aber, eines Tages, es war inzwischen ein halbes Menschenleben darüber hingegangen, brach es noch einmal auf, das alte Trauma, da erfasste mich unvorbereitet und in einer verstörenden Heftigkeit ein Schmerz. Nichts hatte ich von seiner verborgenen Existenz, nichts von seinem Ausmaß gewusst.

Es war in dem Jahr, als du im Mai gestorben warst, Mutter, und nur drei Monate später auch Jakob starb. Jakob, der sich in einer seiner Depressionen das Leben genommen hatte. Sein Tod hatte mich mit Fragen zurückgelassen, und ich hatte Rat gesucht bei einem Therapeuten.

An jenem Tag hatte der Arzt mich auch nach dir gefragt, und ich erinnere mich noch genau an meine Handbewegung, die seine Frage und dich beiseite schob, und dass ich sagte – so habe ich es in meinem Tagebuch notiert – ich hätte dich „abgetan“.

Am Ende der Stunde setzte ich mich in mein Auto, meinen kleinen roten Polo Fox, fuhr heimwärts, fuhr die Hospitalstraße hinunter – und da geschah es.

Eine noch nie zuvor gefühlte Trauer überfiel mich, völlig unvermittelt und wie aus dem Nichts kommend. Als sei eine verkapselte Blase in meinem Bauch aufgesprungen, drang diese Trauer plötzlich in mein Bewusstsein. Sie überflutete mich, sie erfasste meinen Körper, dass er zitterte und ruckelte. Ich verlor die Kontrolle über ihn. Es weinte etwas in mir, laut, animalisch wie ein Tier. Tränen überschwemmten meine Augen, als wolle sich ein ganzer See aus ihnen entleeren. Sie machten mich blind für die Straße, die ich befuhr.

Und dann waren da plötzlich Worte, die sich bildeten ohne mein Zutun, ohne, dass ich sie selbst gedacht oder geformt hätte. Und sie wiederholten sich mehrfach: „Sie hat mir das Leben genommen. Sie hat mich getötet."

Wie Magma aus dem Innersten der Erde eruptiert, so schien ein Abgespaltenes sich aus der Tiefe meines Bewusstseins zu katapultieren. Die Worte – sie waren so ungeheuerlich, so unzulässig, so mich erschreckend.

Aber sie waren da. Klar und unabweisbar.

„Sie" – damit warst du gemeint, Mutter. Ich wusste, sie betrafen jene Todeswünsche, die du mir in deiner Raserei entgegengeschleudert hattest.

Und sie betrafen diesen totalen Verlust meines Ichs, das Verlieren der Gewissheit: zu sein, die ich war.

Und die Trauer: Ich fühlte, sie galt nicht dem Tod Jakobs, sondern meinem eigenen von damals. Ich war zwar nicht gestorben unter deinen Misshandlungen, ich war nur tot geworden innen drin. Was ich, um zu überleben, nicht hatte fühlen dürfen, war in der Therapie wie mit einer Sonde berührt, frei geworden. Und die Tränen waren die, die ich damals nicht geweint hatte.

Ohne einen Unfall zu verursachen, kam ich zu Hause an. Ich weinte im Auto in der Garage und auf dem Weg ins Haus und am Küchentisch weiter, bis alles leer war.

Jetzt ist es gut, dachte ich, jetzt ist es heraus aus mir. Es hat sich erlöst.

An einem der nächsten Tage fuhr ich hin zu dir an dein Grab, um dir Blumen zu bringen. So anders als sonst. Es war als hätte sich ein Stück meines verschütteten Weges zu dir geöffnet.

Und doch ...

Immer noch, auch danach und jetzt, so spät in meinem Leben, wenn ich die Stelle dieses alten Schmerzes in mir berühre, muss ich weinen, nicht so wie dort auf der Hospitalstraße.

Leise.

Und ein wenig nur noch.

Es ist nicht fertig!

Ich muss reden, Mutter!

Ich muss diese Geschichte noch einmal aufrollen, muss sie noch einmal mir selbst erzählen und vor allem auch dir. Ich will rehabilitiert werden! Ich war nicht die, die ihr aus mir gemacht hattet!

Montag, 22. Januar

Wo soll ich anfangen? Wo den Punkt setzen, an dem der Weg begann, der so verhängnisvoll endete? Wer war ich unter all den Vorgaben, die aus mir kamen, und unter den Gegebenheiten der Zeit und des Ortes und unserer familiären Konstellation?

Du erinnerst dich an das Jahr meiner Schulentlassung, Ende der Fünfzigerjahre? Unsere Schule war eine einklassige Dorfschule. Bei meiner Entlassung hatte mir der Lehrer den Zusatz ins Zeugnis geschrieben: „Maria war fleißig und gewissenhaft." Damals dachte ich, das sei eine Auszeichnung, entsprach es doch der gefühlten Anforderung an uns junge Menschen allgemein und im Besonderen an uns Mädchen. Während die Jungen ganz selbstverständlich eine Lehre begannen, war für die Mädchen nicht so recht etwas vorgesehen. Es schien, als gelte es, nur die Zeit zu überbrücken bis zur Heirat und ein bisschen Geld zu verdienen für die Aussteuer.

Lene, deine Älteste, hattest du im Dorf zum Bauern gegeben, vierzehnjährig, entgegen ihrem

Wunsch, einen Beruf zu erlernen, hattest sie als Magd verdingt, über den Horizont deiner eigenen Geschichte nicht hinausblicken könnend.

Ich selbst hatte noch keine eigenen Vorstellungen davon, was ich machen könnte, wie es weitergehen sollte mit mir. Für eine weiterführende Schule, wie der Lehrer sie empfohlen hatte, oder für eine Lehre hätte ich in eine der zwanzig Kilometer entfernten Städte fahren müssen, was von uns aus ohne jegliche öffentliche Verkehrsmittel nicht machbar war.

Und in die Stadt wolltest du, Mutter, mich auf keinen Fall gehen lassen. „Da kommst du nur unter die Räder", sagtest du, und den Städtern sei nicht zu trauen, hörte ich.

So blieb ich zunächst bei euch zu Hause. Eine kurze Zeit lang trabte ich mit dir und ein paar anderen Frauen in den Wald, um junge Baumsetzlinge zu pflanzen, pflückte im nahen Wald Eimer voll mit Blaubeeren für den Verkauf und half hier und dort mal auf dem Feld eines Bauern.

Ich war noch so ohne Wissen über mich selbst und über das, was möglich gewesen wäre und überließ mich noch ganz deiner Führung.

Ja, und dann, eines Tages – es war schon Spätsommer geworden – da kam der Schorsch, der bei der Autobahnmeisterei arbeitete und auf seinem Heimweg immer auf dem Pfädchen an unserem Haus vorbeikam, diesmal durch das Gartentürchen herein und zu uns auf die angrenzende Wiese, wo du und ich gerade das Grummet[1] wendeten. Er habe gehört, sagte er, dass die beiden Pächterfamilien der nahe gelegenen Autobahn-Raststätte ein Kindermädchen suchen. Vielleicht wäre das ja etwas Passendes für mich, meinte er.

Autobahn und Raststätte waren nur einen Katzensprung weit entfernt von unserem Dorf, der Weg dahin führte durch ein Stückchen uns vertrautem Wald, wenige Gehminuten nur lang. Die beiden Pächterfamilien waren aus einem der Nachbardörfer, nicht etwa aus der Stadt kommend und von daher vertrauenswürdig.

Es muss dir und Vater wie ein Glücksfall vorgekommen sein, mich dort ‚unterbringen' zu können. So nah, fast noch wie zu Hause. So unter eurer Kontrolle bleibend.

Und ich selbst war bereit, mein laues Weißnichtwas hinter mir zu lassen und mich einem Neuen

---

1 Grummet ist der zweite Schnitt nach der ersten Heumahd.

zuzuwenden. Kinder zu hüten, das schien mir ein Leichtes zu sein, hatte ich doch Louisas Zwillinge schon oft in Obhut genommen.

War ich eigentlich selbst beteiligt worden an der Entscheidung? Hatte es ein Vorgespräch gegeben, eine Abfrage meiner Eignung oder eine Vorbereitung auf meine Aufgabe? Ich weiß es von heute aus nicht mehr, nur, dass ich tatsächlich eingestellt wurde.

Es war mein erstes Mal Von-zu-Hause-weg-Sein und es galt, mich zurechtzufinden und einzu-passen in ein neues Umfeld von Restaurant- und Hotelbetrieb, von privatem Wohnbereich meiner Arbeitgeber und in meine Stellung als Kinder-mädchen.

Drei kleine Kinder zu beaufsichtigen und zu beschäftigen, war mein Auftrag. Ich hütete sie, so gut ich es verstand, ging mit ihnen spazieren, spielte mit ihnen draußen im Wald mit allen möglichen Naturmaterialien, drinnen mit ihnen auf dem Teppich liegend ihre Lieblingsspiele, las ihnen Geschichten vor und brachte sie abends zu Bett.

Die Raststätte von außen war mir, wie den meisten Bewohnern aus den umliegenden Dörfern, von unseren Sonntagsausflügen zur Autobahn und der Brücke, die darüber hinführte, vertraut.

Das Innen aber mit seiner Atmosphäre und seiner Betriebsamkeit war neu für mich. Da waren die große Eingangshalle mit den Chefs am Empfangstresen, die ein- und ausgehenden Gäste, zumeist vornehm gekleidet und großen Autos entstiegen, die piekfeinen Speisesäle, die durch die Schwingtüren flitzenden Kellner, die mit Speisen und Getränken auf Händen und Unterarmen balancierend zu den Tischen eilten, die Essensdüfte, die durch die Schwingtüren aus der Küche schwappten, die an den Herden hantierenden Köche mit ihren weißen Hauben auf den Köpfen und die lauten Zurufe dort zwischen Köchen und Kellnern, zwischen Köchen und Kaltmamsell und das Zischen und Brodeln aus Töpfen und Pfannen.

Es war ein von allen meinen Sinnen aufgesogenes Neues, ein so nah an meinem kleinen Dorf Liegendes und doch so Andersartiges. Rückblickend erscheint es mir, als habe mich ein Hauch von diesem ‚Duft der großen weiten Welt' erfasst, mit dem gerade eine Zigarettenfirma auf einem riesigen Plakat draußen auf dem Parkplatz warb.

Manchmal, wenn die Kinder ihren Mittagsschlaf hielten, musste ich unten in der Spülküche aushelfen, das schmutzige Geschirr in die Spülmaschine füllen und gestapelt wieder bereitstellen. Dort durch eine der Schwingtüren kamen die Kellner zurück, stellten das abgeräumte Geschirr auf dem Spültresen ab, und wenn es einmal ihre Zeit zuließ, gab es ein paar Worte hin und her zwischen ihnen und uns Mädchen. Ihr perfektes Äußeres – schwarzer Anzug und weißes Hemd mit Fliege – und ihre beruflich geschliffene Etikette wirkten beeindruckend vornehm auf mich.

Ja, und dort, Mutter, begann meine Geschichte.

Dort begegnete ich Franz.

Einem der jungen Kellner.

Franz, meiner ersten Liebe.

Dienstag, 23. Januar

Wie es kam, dass wir aufeinander aufmerksam wurden, einander ins Auge fielen, und wer wem zuerst, daran erinnere ich mich nicht mehr. Aber ich sehe ihn noch vor mir, von heute aus, sein feines, klares Gesicht, dieses etwas Besondere an ihm, ein anziehend Fremdartiges auch. Ich sehe seine Gestalt, seine Bewegungen und seinen mich suchenden Blick.

Wie hätte er mir nicht auffallen und wie nicht die natürlichsten, in Bereitschaft liegenden Empfindungen in mir wecken sollen! Ich sah, dass er mich sah. Mich, wie noch nie ein anderer zuvor. Wir begannen, ein paar Worte zu wechseln nur im Vorübergehen, im Beisein der Kollegen, banale und doch als Vehikel dienende für den Transport von Ungesagtem.

Sie, die anderen, müssen gesehen haben, was da begann, müssen das Spiel schon gekannt haben und begleiteten es, wie mir nachträglich scheint, mit einem wissenden Lächeln.

Könntest du mir hier gegenübersitzen, Mutter, und mich erzählen hören, wie das war damals für mich, wie neu und beglückend diese Resonanz war, die ich erfuhr durch Franz, vielleicht würdest du es nachvollziehen und mich verstehen können.

Ich war es nicht gewohnt, im Augenmerk eines anderen zu stehen, hatte keinen Kontakt zu unseren Jungen im Dorf gehabt, nicht wie Hella und Doro, denen auf ihren Sonntagsspaziergängen immer einige Jungen folgten und wo schon einmal ein Geplänkel von Mögen hin und her gelaufen sein mag.

Franz war neu für mich.

Franz kam aus der Stadt.

Ich, das Dorfkind, ein Rohling noch, spürte den Unterschied zwischen uns und gleichzeitig auch den Reiz des Neuen, des über meine bisherige Welt Hinausgehenden.

Von heute aus wissend, wie das weiterging und vor allem ausging und welche Rolle du dabei spieltest, da frage ich mich, wie das bei dir war, Mutter. Du musst doch auch einmal so etwas erlebt haben.

Ähnlich nur vielleicht.

Du warst doch auch einmal jung, warst nach deiner Schulentlassung von zu Hause weg auf einen Bauernhof verdingt worden. Ich erinnere mich, dass, wenn du von dieser Zeit sprachst, du auch immer wieder diesen jungen Herrn des Hofes erwähntest, der dich des Öfteren in Schutz genommen hatte vor Zumutungen der übrigen Herrschaft. Gab es da auch schon Gefühle in dir ihm gegenüber, die aber verborgen bleiben mussten?

Ein altes Foto von dir zeigt dich mir als ein schönes, wohlgestaltetes Mädchen. Warst du auf diesem Hof vielleicht sogar Übergriffen der Männer ausgesetzt, denen der Knechte etwa oder gar denen des Altbauern?

Warst du gefeit gegen alles?

War Vater deine erste Liebe?

Ich frage dich das, um mich selbst einzuordnen mit meinem Erleben und um zu prüfen, ob ich so anders war als du. Oder auch anders als andere gleichen Alters.

Ich war ja erst fünfzehn Jahre alt geworden in jenem Sommer. Es stand mir – nach gängiger Auffassung – längst noch nicht zu, einen Jungen anders als einen Bruder oder netten Freund zu mögen.

Und doch: Es gab da schon einmal einen Vorläufer von Gefühlen bei mir, ähnlich denen dann gegenüber Franz.

Erinnerst du dich noch an Simon, den Freund von Hannes, der an Winterabenden oft bei uns saß, der mit Hannes Schach oder mit uns zusammen Halma oder Mühle, Dame oder das von dir erfundene Knöpfe-Raten spielte?

Simon – ich mochte ihn. Seine offene, unkomplizierte Art, seine unprahlerische Klugheit und Gewitztheit. Und ich mochte es, wenn er meinen Namen sagte, nicht meinen eigentlichen, mir nicht zu mir passend erscheinenden, sondern ihn in eine Koseform abwandelte.

Mia.

Noch nie zuvor hatte mich jemand so genannt.

Es ging etwas aus von Simon, das mich glauben ließ, dass er mir zugetan war. Vielleicht genauso wie ich ihm.

Ich wartete jeden Abend auf sein Kommen. Ich horchte auf das Bellen des Hundes vom Schmied, der jedes Mal wie verrückt loslegte, wenn Simon unten auf der Dorfstraße um die Ecke bog. Wenn der Hund bellte, wusste ich, gleich wird die Haustür aufgehen, das Anklopfen an der Küchentür zu hören – und er da sein.

Ich verhielt mich ganz still und unauffällig, um vor euch zu verbergen, wie sehr ich ihm entgegenfieberte. Ich wusste, dass das, was ich für ihn empfand, etwas Ungehöriges war.

Ich war noch so jung. Ich ging noch in die Schule, trug zwei dicke lange Zöpfe, war noch Kind. Halbwegs.

Ja, und dann gab es im Zusammenhang mit meinen Gefühlen für Simon auch jenen peinlichen Vorfall mit dem Tapetenbuchdeckel.

Du erinnerst dich?

Auf diesen, alle zwei Jahre bei uns anfallenden Einband einer ausgemusterten Tapetenkollektion, hatte ich einen Spruch aus der Bibel geschrieben. Nicht irgendeinen frommen, oft zitierten, sondern einen aus dem Hohelied Salomos, den ich in meiner Bibel entdeckt hatte und der meinen dumpf empfundenen Gefühlen für Simon Worte gab. „Liebe ist stark wie der Tod."

In der Bibel hatte ich ihn bereits unterstrichen gehabt, hatte sogleich das Verbotene daran erfasst, mich dafür geschämt und die Tinte auszuradieren versucht, aber nur das Papier dabei beschädigt . Aus Angst, du könntest meinen Frevel entdecken, versteckte ich die Bibel im Nachtschränkchen meines Zimmers.

Dann aber muss ich doch alle Vorsicht außer Acht gelassen haben.

Angetan von den Schriften, die Hannes als Berufsschüler gerade anfertigen musste – Fraktur, Antiqua, Kursiv –, versuchte ich sie nachzuahmen und übertrug schließlich diesen Bibelspruch in Frakturbuchstaben auf diese schöne, große Pappe eines gerade übrig gebliebenen Tapetenbuchdeckels. Er war mir so gut gelungen, und mein Gefühl hatte einen sichtbaren Ausdruck gefunden. Aber kaum geschrieben, galt es, ihn vor deinen Augen zu verbergen. Ich versteckte ihn oben auf dem Dachboden in der alten Truhe ganz unten unter muffig riechenden, abgelegten Kleidern.

Doch es kam, wie es kommen musste. Wie schon so oft vorher bewahrheitete sich auch diesmal wieder dein Spruch: „Kein Fädlein ist so fein gesponnen, es kommt doch an das Licht der Sonnen." Ich hätte es wissen müssen, dass nichts vor dir sicher war. Du und Gott, ihr saht alles.

Eines Tages musst du ausgerechnet in dieser Truhe etwas gesucht haben.

Ich sehe dich noch wie heute die Einschiebetreppe vom Boden heruntersteigen, meinen Tapetenbuchdeckel in der Hand, Zorn und

Triumph zugleich in deinem Gesicht stehend und diesen Spruch mir erneut ins Gewissen bläuend.

Und dann standet ihr da, du und der alarmierte Vater, und ich vor euch, mich nicht retten könnend vor euren Blicken und meiner eigenen Scham. Ich wusste, ich spürte, was ihr dachtet: Dass ich schlecht sei, frühreif, gefährdet, anders als andere. Dass ihr ein Auge auf mich haben müsstet.

Ach, Mutter!

Ich erzähle dir das hier in diesen Briefen, dir und gleichzeitig auch mir selbst noch einmal, weil es zu meiner Geschichte gehört und zu meinem Selbstbild, das unter dieser und anderen Erfahrungen entstand.

Mittwoch, 7. Februar

Ich will zurückkommen zu Franz.

Es war nur eine kurze Zeit, die uns für unsere Annäherung blieb. Wir ahnten nicht, dass das, was gerade erst begann, so jäh enden würde. Da war doch eben erst eine Sternschnuppe durch unseren Himmel gesaust, als von einem Tag auf den anderen der Absturz aus allen Höhen dieses Himmels folgte.

Die Sternschnuppe!

Ich muss dir davon erzählen. Es war während unseres ersten Mal Alleinseins. Wir hatten uns zu einem Spaziergang nach Dienstschluss verabredet. Es mag Ende August oder auch schon September gewesen sein. Wir gingen die alte Fahrstraße entlang, die um den Berg herum ins nächste Dorf führt. Es war bereits dunkel, und ein klarer Sternenhimmel leuchtete über uns. Wir sahen diesen hellen Streifen, den die hohen Buchen rechts und links des Weges unserem Blick frei gaben – und in einem der Momente, da wir stehen blieben und hinaufsahen, raste eine Sternschnuppe durch die Weite des Firmaments und geradewegs auf uns zu.

„Wünsch dir was, es wird in Erfüllung gehen", sagte Franz.

Ich kannte das nicht, und die Sternschnuppe erlosch, noch bevor ich mir eines Wunsches bewusst geworden war.

„Wer zu spät kommt ..." – kann dem das Wünschen noch helfen?

Franz hatte, während er das sagte, seinen Arm um meine Schultern gelegt. Ich fühlte ihn so nah an meiner Seite, so fremd noch und so beglückend auch.

So fing sie also an, Mutter, meine Liebe zu Franz.

Ich hatte sie nicht gerufen.

Sie kam.

Und war da.

Ganz von allein.

Irgendwie schon vorhanden gewesen sein müssend. Nur eben aufbrechend.

So natürlich. So unschuldig. So schön.

An einem der folgenden Spätherbstabende lud uns ein Kollege von Franz, der ein Auto besaß, ein, mit ihm und einem anderen Mädchen ins Nachbardorf in die Kneipe zu fahren. Es gab ja an unserem Arbeitsplatz nur Wald ringsum und keine andere Möglichkeit, mal raus zu kommen aus der Atmosphäre unseres Arbeitsalltags. Schon in der Kneipe hatte ich neben Franz gesessen, und dann auf der Rückfahrt saßen wir nebeneinander im Fond des Autos in den weichen Polstern und im Schummerlicht der Armaturenbeleuchtung. Durch alle schon winterlich dicke Kleidung hindurch spürte ich die Wärme, die von ihm ausging, bis auf meiner Haut.

So viel Nähe!

So viel neues Empfinden!

So hätte es bleiben können.

Das war unfassbar viel.

Aber dann rückte Franz näher an mich heran – und küsste mich. Mitten auf den Mund.

Noch nie hatte mich jemand auf den Mund geküsst, nicht einmal auf die Wange, nicht ihr, die Eltern, und nicht wir Geschwister untereinander. Das war nicht üblich bei uns.

Das kam so überraschend und so heftig.

Ich war wie betäubt und überwältigt von einem Schwall einander widersprechender Gefühle, und trotz dieses Zwiespalts geschah etwas mit mir, das mich einfing und mich mitnahm.

Vielleicht ist das immer so beim ersten Kuss.

Irgendwann dann – Zeitpunkt und Zusammenhang kann ich nicht mehr erinnern – schenkte Franz mir ein Foto von sich, ein kleines Foto in Passbildgröße. Auf die Rückseite hatte er die Worte geschrieben:

„Ich liebe dich
Immer nur ich
Immer nur dich“

Worte, die mir durchs Auge bis ins Herz fielen, die mir noch nie zuvor jemand gesagt hatte. Der feine Schriftzug seiner Hand, diese Worte, sein liebes Gesicht – ich sog Bild und Worte und Schrift immer wieder in mich hinein.

Ich war gemeint! Wirklich ich!

Alles in mir geriet in Aufbruch, weitete mich. Ich war plötzlich so empfänglich für die ganze schöne Welt, für ihre Farben und Düfte, für die Lieder im Radio, für die Ströme unbekannter Gefühle in meinem Körper. Es war, als sei alles erwacht in mir und katapultiere mich nach oben, federleicht und doch prall angefüllt. Das ist das Programm, das uns eingegeben ist von Anfang an, und es gibt vorher allenfalls eine Ahnung von seinem Vorhandensein. Wenn es geweckt wird, ist man noch ohne Erfahrung und unsicher, fühlt sich überwältigt von seiner Energie, die alles Gelernte und Anerzogene zu überrumpeln droht.

Einmal abends, ich war allein in unserem Mädchenzimmer, stellte ich mir das Radio an, setzte mich dicht davor auf den Fußboden und hörte Musik. Es war dämmrig im Raum, nur das Licht der Senderskala verbreitete einen grünlich-matten Schimmer.

Ich befand mich in einer weichen, offenen Stimmung, als mich plötzlich eines der Lieder ergriff. Eine Stimme, ein Text, eine Melodie ...

Catarina Valente sang Harry Belafontes Lied „Wo meine Sonne scheint und wo meine Sterne stehn". Ich sah sie „knien im hohen Rohr", ich hörte „den Ruf der Trommel im Abendrot" und „von fern der Freiheit Chor". Ich war angefasst von dieser Sehnsucht, von der es erzählte. In mir antwortete etwas, das ich noch nicht kannte, das unter deiner Enge und Strenge nicht vorgekommen war.

Bist du noch da, Mutter? Kannst du mich hören? Kannst du verstehen, was mit mir geschah? War das, was ich empfand, schlecht?

Ein so unschuldig gefühltes Glück!

Und ein ach, nur so kurz währendes, wenige Herbstmonate nur und den Dezember noch.

Eines hätte ich beinahe vergessen zu erwähnen: Es gab da noch diesen Ring. Franz hatte ihn mir geschenkt, einen Ring mit einem Amethysten. Wann, zu welcher Gelegenheit das war, weiß ich nicht mehr. Vielleicht war es zu Weihnachten, vielleicht zum gleichen Zeitpunkt, als er mir das Foto schenkte.

Einen Ring! Ich hatte noch nie einen Ring besessen und hätte so gern einen gehabt als Kind. An der Hand meiner Spielgefährtin hatte ich immer so einen schönen silberfarbenen Kinderring mit einem kleinen Stein darauf gesehen. Ich weiß noch, wie ich versuchte, mir aus silber- oder gold-farbenem Stanniolpapier einen zu falten und am Ringfinger zum Halten zu bringen. Aber das funktionierte nicht.

Wenn Kirmes war im Herbst, da gab es auch immer eine Bude vor dem Tanzsaal, wo allerlei Geglitzer erworben werden konnte. Auch kleine Fingerringe. Ich stand davor, suchte und suchte nach einem, der mir gefallen könnte, konnte mich nicht entscheiden und mich nicht losreißen von dem Stand und meiner Begehrlichkeit und ging schließlich, ohne einen gekauft zu haben, wieder weg. Hatte ich überhaupt ein paar Groschen von euch bekommen? Ich hatte doch gelernt, alles zusammen zu halten, nichts auszugeben für irgendeinen Kram.

Kannst du nachvollziehen, wie das war für mich, einen Ring geschenkt zu bekommen? Einen Ring mit einem Stein sogar, einem Amethysten, sein Dunkelblau so klar und leuchtend. Einen Ring von ihm!

Ob ich den Ring überhaupt noch getragen habe die wenigen Tage bis zum Neujahrsmorgen? Bis zu jenem furchtbaren Eklat an unserem Arbeitsplatz?

Es fällt mir schwer, Mutter, mich dem zentralen Punkt meiner Geschichte und dem Hauptanliegen meiner Briefe an dich zu nähern. Als ich heute morgen in meinen alten Aufzeichnungen blätterte, überkamen mich erneut Trauer und Schmerz.

Sonntag, 18. Februar

Erinnerst du dich an den Silvesterabend jenes Jahres? Du und Vater begingt euren 25. Hochzeitstag. Ein Foto von euch zeigt dich im schwarzen Kleid, einem Silberkrönchen im Haar und einem silberfarbenen Ansteckräußchen am Ausschnitt deines Kleides. Der Vater im schwarzen Anzug und mit einem ebensolchen Sträußchen am Revers. Ihr sitzt am großen Tisch im Wohnzimmer und die Verwandten um euch herum. Ihr seht zufrieden aus.

So viel Schweres lag hinter euch. Nur wenige Jahre zuvor hatte euch ein Feuer das schöne alte Haus unten im Dorf genommen. Ihr hattet ein neues Haus gebaut. Ihr wart so stark! So fleißig! So sparsam auch in allem, damit das möglich wurde.

Wir, eure Kinder, waren aus dem Gröbsten heraus, und es gab eine Aussicht auf hoffentlich ruhigere Jahre. So sehe ich euch, wenn ich mich in euch hineinversetze.

Und dann kam diese Sache mit mir.

Es war schon später am Abend, als noch jemand an die Haustür klopfte und hereinschneite, im wahrsten Sinne des Wortes, denn es war ja tiefster

Winter und es lag ungewöhnlich viel Schnee, und auch hereinschneite in diese Feier, von der er allerdings nichts wissen konnte.

Es war Franz. Ich war etwas irritiert von seinem Erscheinen und wusste nicht, wie ich mit dieser Situation umgehen sollte. Er stupste mich an, ich solle ihn vorstellen, irgendwie lustig. Aber ich war zu ungeübt in derartigen Gepflogenheiten, und so stellte er sich selbst vor, gratulierte euch, entschuldigte sich für die Störung und fragte, ob ich mitkommen dürfe in die örtliche Gastwirtschaft, um mit ihm und den anderen Arbeitskollegen Silvester zu feiern. Eure Feier neigte sich ja bereits dem Ende zu, und so entließt ihr mich mit der Auflage, entweder danach nach Hause zu kommen oder nur zusammen mit den anderen zurück zur Raststätte zu gehen. Ich versprach es, froh, mitgehen zu dürfen.

In der Wirtschaft wurde gefeiert, wir jungen Leute von der Raststätte zusammen mit der Dorfjugend feierten Silvester. Es wurde geredet, gescherzt und gelacht. Um Mitternacht standen wir dann alle draußen auf dem Hof, zündeten Wunderkerzen an, prosteten einander zu und wünschten uns ein „Gutes Neues Jahr“.

Wieder drinnen sitzend, hatten die Arbeitskollegen noch keine Lust aufzubrechen, und Franz sagte: „Dann lass uns halt alleine zurückgehen." Ich kann mich nicht erinnern, wegen meines Versprechens euch gegenüber Gewissensbisse gehabt zu haben. Wahrscheinlich fand ich nichts Schlimmes dabei oder hatte es einfach vergessen vor lauter Glück, mit Franz zusammen zu sein.

Wir nahmen die Fahrstraße für den Rückweg. Der eigentliche und kürzere Weg durch den Wald war ja zugeschneit und nicht begehbar.

Einmal unterwegs blieben wir stehen und Franz küsste mich.

Im Hotel angekommen – die Eingangshalle war noch hell erleuchtet, aber menschenleer, und nur einer der Hausherren stand noch am Empfangstresen – verabschiedeten wir uns oben auf dem Flur vor den Personalzimmern.

Ich schlüpfte ganz leise in mein Zimmer, das ich mit zwei anderen Mädchen teilte, und in dem Gerlinde, die Dienst gehabt hatte, bereits schlief, kleidete mich um und legte mich, noch aufgewühlt von dem nächtlichen Gang unterm winterlichen Sternenhimmel, zu Bett.

Und dann ging die Tür noch einmal auf – es war

offensichtlich nicht üblich abzuschließen – und Franz kam herein.

Ich war überrascht von seinem Verhalten. Was wollte er noch? Nachts in unserem Mädchenzimmer? Sah er denn nicht, dass da schon jemand schlief?

Ich war unfähig, Worte zu finden, die ihn hätten zurückweisen können, ohne ihn zu kränken oder unfreundlich zu sein. Er kam herein, und dass ich das geschehen ließ, das konnte ich mir all die vergangenen Jahre nicht ansehen, erfüllt von Scham. Eigentlich bis heute nicht. Kein anderes, kein ‚anständiges' Mädchen – und vor allem selbstbewusstes Mädchen – hätte das zugelassen.

Ich muss die Szene da im Zimmer kurz verlassen, Mutter, und hier hinkommen, wo ich sitze und schreibe.

Und weine.

Wieder. Und immer noch!

Obwohl ich dachte, es sei längst vorbei. Da ist immer noch dieser wunde Punkt in mir, wo ich mich schuldig fühle, wo ich gewissermaßen versagt habe, der zentral ist für alles, was folgte an Ächtung und Demütigungen.

Ich war überrumpelt damals von der Situation.

Franz kam bis an mein Bett und setzte sich.

Gerlinde, schlief sie wirklich? Oder stellte sie sich nur schlafend? Sie war älter als ich. Hätte sie sich nicht im eigenen Interesse empören und zu meinem Schutz zu Wort melden müssen?

Als Franz näher an mich heranrückte, sich gar neben mich legte und schließlich die Knöpfe meiner Schlafanzugjacke zu öffnen versuchte, da begriff ich endlich, wohin das führen sollte.

Bei aller Naivität und Arglosigkeit, bei aller unterlassenen Aufklärung deinerseits: Da funktionierte ein natürlicher Schutzmechanismus in mir.

Das war doch überhaupt noch nicht meins!

Jetzt erst konnte ich „Stopp“ sagen, klar und bestimmt.

Franz ging auch sofort.

Das war alles, Mutter, was in dieser Nacht geschah. Zugegeben: zu viel. Aber nichts, das den folgenden Eklat gerechtfertigt hätte.

Es waren nicht deine nur orakelnden Mahnungen und Drohungen gewesen, die mich in dieser Situation geschützt hatten, Mutter. Es war mein eigenes natürliches Empfinden.

Wie lange er im Zimmer war? Zehn Minuten? Vielleicht sogar fünfzehn?

Hatte ihn jemand gesehen, hineingehen oder herauskommen?

Vielleicht sogar die Zeit gemessen?

Und die Schläferin in meinem Zimmer – hatte sie überhaupt geschlafen? Oder wie eine Voyeurin gelauert auf das, was sich abspielen würde? Was hätte sie, vielleicht als Zeugin befragt, ausgesagt?

Wie schnell ein Körnchen Verdacht zu einer Lawine werden und alles mit sich reißen und jede Besonnenheit und Angemessenheit beiseite fegen kann!

Als ich am anderen Morgen zum Frühstück herunterkam, und plötzlich euch, dich und Vater, da in der Bauernstube sitzen sah, mit versteinerten Gesichtern, fremd, wortlos, Unheil verkündend, da schlug mir etwas entgegen, das ich nicht einzuordnen verstand. Da schien das ganze Haus schon zu wissen, was passiert war in dieser Nacht, die Küchenmädchen, die Kellner, die Köche, ihr, die ihr da saßt – nur ich wusste es noch nicht.

Die Kollegen von Franz, die Dienst hatten an diesem Morgen, gingen eiligen Schrittes mit ihren weißen Servietten über dem Arm an uns vorbei, und nur einer der älteren – ich sehe ihn noch genau vor mir – richtete im Vorübergehen einen vieldeutig mitleidigen Blick auf mich.

Ich wurde zur Chefin beordert. In ihr Wohnzimmer. Ich stand da vor ihr, und sie stellte mir streng und ohne ein weiteres Wort zu sagen nur diese eine Frage: „Hast du Geschlechtsverkehr mit ihm gehabt?"

Am liebsten wäre ich im Boden versunken. Allein dieses Wort schon – das gab es in unserer Sprache nicht – war so peinlich und die Frage danach so beschämend und die mir abgenötigte Antwort, mein „Nein", so demütigend.

Mein Gott, wie überrumpelt ich war und wie brav ich antwortete! Schreien hätte ich müssen, ihr ins Gesicht hinein, meine Wahrheit.

Das denke ich jetzt hier, wenn ich diese Szene noch einmal nacherlebe.

Aber ich stand da wie gelähmt, unfähig zu sprechen, unfähig, mich zu wehren. Und allein schon der Verdacht machte, dass ich mich selbst so sah, wie die anderen mich sahen, und dass ich mich schuldig fühlte, so, als hätte ich getan, was man mir unterstellte.

Sie entließ mich aus dieser knappen Befragung. Und aus ihren Diensten.

Franz sah ich an diesem Morgen nicht mehr. Auch er war sofort entlassen worden, wie ich erst später erfuhr.

So jäh, wie mich diese Liebe zu Franz erfasst und hinaufkatapultiert hatte in die Weite des Himmels mit seinen Sternschnuppen, so unvorstellbar schnell und tief stürzte ich ab in Scham und Schande.

Montag, 19. Februar

Ich musste an jenem Neujahrsmorgen zusammen mit euch die Raststätte verlassen. Habt ihr überhaupt mit mir geredet, ein einziges Wort an mich gerichtet? Ich weiß es nicht mehr. Meine Erinnerung setzt erst wieder ein, dort auf dem Weg, wo wir die Fahrstraße verlassen hatten und in den Wald eingetaucht waren.

Da begannen sie, deine Fußtritte, Mutter. Ich ging vor dir her und du hinter mir und Vater neben dir. Du musst Stiefel angehabt haben. Deine Tritte trafen mich von hinten.

Wie oft? Wie lang auf diesem Weg?

Ich nahm sie hin, ohne mich umzudrehen.

Ich weinte nicht. Ich schrie nicht. Ich lief nicht weg. Den körperlichen Schmerz, den deine Tritte ausgelöst haben müssen – ich weiß nicht, ob ich ihn gefühlt habe. Ich war wohl schon nicht mehr in mir zu Hause.

Und so habe ich auch die Worte, die deine Tritte möglicherweise begleitet haben, nicht mehr wahrgenommen.

Deinen Zorn hattest du offenbar so lange im

Zaum gehalten, bis wir da abseits der Straße im Wald waren. Niemand sah uns, niemand dich.

Und doch! Der Vater war da, neben dir. Mein guter Vater, der so feinfühlige, Gerechtigkeit liebende, mir gegenüber immer so liebevolle Vater – er überließ mich dir. Er riss dich nicht weg von mir, er gebot dir keinen Einhalt!

Er, der nicht einmal einen Hund getreten hätte – er schützte mich nicht.

Obwohl ich ihn damals nicht sehen konnte, erfasse ich doch von heute aus, was sich in ihm abspielte.

Er war angewidert.

Er litt.

Er war hilflos und so furchtbar betroffen von meiner ‚Schande'.

Vor einigen Jahren, in einem Moment der Erinnerung an diese Szene wurde mir bewusst, dass er mich in dieser Situation hat fallen lassen. Dass er, zu dem es immer so eine tiefe, wortlose Verbindung gab, mich verraten hat an dich. An dich, die Furie, zu der du geworden warst.

Und ich erinnere mich an mein haltloses Weinen über diese Erkenntnis.

Sein Verrat an mir – ich muss an dieser Stelle etwas einschieben, was erst später geschah: Auch ich habe ihn verraten. Als er alt und krank und dir ausgeliefert da lag und mich bat, ihn wegzuholen von dir, da glaubte ich den Konflikt mit dir, der dadurch unausweichlich entstanden wäre, nicht durchstehen und die Pflege allein nicht leisten zu können. Und ich ließ ihn bei dir, obwohl ich wusste, wie du mit ihm umgingst.

Er griff dann zur Rasierklinge.

So sind wir schuldig geworden aneinander, er an mir und ich an ihm. Ich weine über unser Versagen.

Dieses Stück Weg durch den Wald war irgendwann zu Ende, und ihr hattet mich wieder an dem Ort, von dem aus ihr mich entlassen hattet. Ich war nur ein kleines Stück weit von euch entfernt gewesen, und nun waren wir weit auseinander in zwei Welten geraten.

Mit Schande befleckt, so müsst ihr es verstanden haben, habt ihr euer Kind heimgeholt.

Ich erinnere mich nicht mehr an die Situation, in der auch ihr mir die Frage stelltet, ob ich ‚es' getan hätte. Es, das Unaussprechliche. Das, was es eigentlich gar nicht gab. Auf das Peinlichste berührt konnte ich auch euch nur mit „Nein“ und keinem Wort darüber hinaus antworten.

Wo hätte ich die Worte auch hernehmen sollen? Es gab keine.

Ich fühlte mich durchaus schuldig. Aber nicht ‚im Sinne der Anklage‘. Ich hatte euer Gebot, nicht allein mit Franz zurückzugehen, übertreten, und ich hatte Franz nicht schon an der Zimmertür zurückgewiesen.

Aber hör mir endlich zu, Mutter!

Mein natürliches Empfinden hatte nicht versagt. Ich hatte in dieser sensiblen Situation das Richtige getan. Das verdiente Anerkennung!

Hättet ihr mir geglaubt, dass ich die Wahrheit sage – du, Mutter, nanntest mein „Nein“ eine Lüge – was wäre mir und euch erspart geblieben.

Ich stelle mir gerade vor, wie anders es gewesen wäre, wenn ihr mich in dieser Situation geschützt, meinen Worten vertraut und die in Umlauf gebrachte Geschichte ruhig und besonnen überprüft hättet. Wenn ihr froh gewesen wäret, dass nichts Schlimmes passiert war, und mich spätestens jetzt stark und klug gemacht hättet.

Was um Himmels Willen hatte euch bloß so

sicher gemacht in eurem Urteil, was so unbeirrbar in eurem Irrtum?

Dass du meinen Worten nicht glaubtest und mich straftest für Dinge, die ich nicht getan hatte, das kannte ich schon aus meiner Kindheit. Weißt du eigentlich, wie verletzend und demütigend es war, wenn du mich schlugst für etwas, das ich gar nicht getan hatte, wenn du meine Worte eine Lüge nanntest und die Lüge zusätzlich bestraftest, wenn du mich zwangst, mit heruntergezogener Hose zu dir zu kommen, um mich den Schlägen deiner Hand auf mein nacktes Gesäß zu beugen?

Das war ein Bruch meines Vertrauens in dich.

Deine Strafen haben meine Liebe klein gemacht.

Der Vater hatte mich nie geschlagen und soweit ich weiß, auch die beiden Großen, Lene und Hannes nicht. Und böse Worte von ihm habe ich nie gehört.

Umso irritierender und schmerzlicher war mir daher sein Schweigen zu deinen Untaten. Schon da auf dem Heimweg hatte er dich wüten lassen an mir. Zu Hause dann muss auch er meinem „Nein“ nicht geglaubt, sich ganz deiner Überzeugung angeschlossen haben.

Es waren mir zunächst mild erscheinende Worte, die er zu mir sagte, ganz im Gegensatz zu deinen, Mutter. Aber ihre Wirkung ging unter die Haut. Sie brannten sich ein.

Ich sehe ihn noch da in der Küche zwischen Esstisch und Büfett stehen, den Blick durchs Fenster, wie in weite Ferne gerichtet und mit belegter Stimme sagen hören, ich nur zwei Schritte von ihm entfernt stehend: „Mädchen, das ist ein Schandfleck auf deiner Seele. Den kriegst du nie mehr weg."

Besorgt, bekümmert über das, was er für geschehen hielt. Ich fühlte, was er fühlte, und fühlte mich gekennzeichnet wie mit einem Kainsmal. Nie mehr würde ich sein können, die ich gewesen war bis dahin. Dieser schwarze Fleck war plötzlich auf mir und in mir, so wie er ihn sah. Er hatte ihn mir dahin gesprochen.

Ich nahm es hin, stumm und fassungslos, war wie aus der Welt gefallen, die doch immer meine gewesen war. Ich war unfähig, mich zu wehren, war unentrinnbar dem ausgesetzt, was mit mir geschah.

Den Ring, den mir Franz geschenkt hatte und der euch, ich weiß nicht wie, vor Augen gekommen war, den nahmt ihr in eure Hände, begutachtetet ihn und spracht euer Urteil darüber: „Der ist schon getragen. Wer weiß, wo er den her hat, wahrscheinlich geklaut."

Ihr zwangt mich, ihn an Franz zurückzuschicken, an eine Adresse, die ich von einem Arbeitskollegen erhalten hatte. Und unter Zwang musste ich ihm schreiben, dass wir uns nie wieder sehen dürften. Ihr nahmt mir alles, was diese Liebe mir geschenkt hatte. Ohne Erbarmen. Ohne ein Gefühl für das Zarte, das gerade erst zu wachsen begonnen hatte.

Das geschenkte Foto mit den Worten auf der Rückseite „Ich liebe dich …" das behielt ich, und das hielt mich.

Hattet ihr es nicht gesehen? Oder nicht für gefährlich gehalten? Es hätte in dieser aufgeheizten Stimmung leicht im Feuer des Küchenherdes landen können.

Donnerstag, 29. Februar

In der Folge – es waren Tage, Wochen, Monate – war ich dort in dieser Küche, in der sich unser Leben abspielte, vor allem dir, Mutter, ausgesetzt. Ich weiß nicht mehr, wie ich diese Zeit durchlebte, ob ich Arbeiten im Haushalt verrichtete, ob du mit mir geredet hast, und weiß auch nicht, wo Hannes war in dieser Zeit, nicht, wie er zu dem stand, was da mit mir geschah. Ich sehe ihn nirgendwo in meiner Erinnerung. Habe ich ihm leidgetan? Er war doch auch oft genug Opfer deines ungebremsten Jähzorns geworden.

Die Einzige, die mir beistand, war Lene, sie die Einzige, die mir glaubte.

Du weißt, sie war in diesem Winter zu Hause, war nur in der Sommer-Saison beschäftigt gewesen und jetzt arbeitslos gemeldet. Auch sie hatte mich gefragt, ob das, was man mir unterstellte, geschehen sei. Sie als einzige glaubte meinem Nein.

Hast du wahrgenommen, was sie mir war in dieser Zeit? Sie hat nicht mit dir gestritten, mich nicht dir gegenüber verteidigt. Es wäre sinnlos gewesen. Sie versuchte, mich still herauszunehmen aus dieser Küche.

Oben im Haus, in einer der Dachstuben hatte sie sich ihr Aussteuer-Schlafzimmer eingerichtet. Da neben ihr, unter einer wunderbar mummeligen Daunendecke durfte ich schlafen. Da war ich geborgen und geschützt durch sie, still und wirksam.

Einmal, als sie wieder hinüber ins Nachbardorf gehen musste, um sich das Arbeitslosengeld auszahlen zu lassen, wollte sie mich mitnehmen, mit fort von dir. Du aber verbotest es mir mitzugehen, und die Worte, die du dazu sagtest, waren so unflätig und niederträchtig, wie ich noch keine zuvor gehört hatte. Es war nicht Franz, es war kein Mann, der mich entehrt hatte, sondern du selbst warst es, du, eine Frau, meine eigene Mutter, mit Worten.

Für Lene muss, wie ich es von heute aus sehe, dein Verhalten unfassbar gewesen sein. Sie wird geweint haben dann unterwegs, über dich und um mich.

Auch sie hattest du misshandelt als Kind. Ich habe es nicht selbst mit angesehen, aber davon erzählt bekommen. Es macht mich noch heute hier aufspringen und dich packen und schütteln wollen, wenn ich daran denke. Mit dem Feuerhaken sollst du, so hörte ich, dem Kind über die Fingerchen geschlagen haben, als es lesen lernte und die Buchstaben und Wörter nicht schnell genug benennen und zusammensetzen konnte. Und du, ungeduldig und jähzornig werdend, wohl glaubend, es sei nur Faulheit oder böser Wille, holtest den Feuerhaken ...

Hast du, zur Besinnung gekommen, bereut, dich so vergessen zu haben?

Uns hast du nie gezeigt, dass dir etwas leidtat, hinterher.

Das, was du mir dann antatest, dieses Unrecht in diesem Ausmaß, das hat allein Lene gut gemacht an mir. Ihr konnte ich alles erzählen, ohne gescholten zu werden, ohne wie eine Lügnerin da zu stehen, ohne verlassen zu werden.

Während ihr mich verwarft, stand sie mir bei.

Erst viele Jahre später begriff ich anhand der Worte eines Weisen, was sie mir damals geleistet hat. „Diejenigen, die einem in Not und Verbannung zur Seite stehen, sind wegen der Größe der Bedürftigkeit und der richtigen Wahl des Zeitpunktes Wohltäter.“ Und: „Groß ist die Wohltat einer Person gegenüber, die ... schwer zu beschaffender Dinge bedürftig ist, oder wenn sie in wichtigen und schwierigen Momenten geleistet wird oder wenn sie jemand als Einzelner, als Erster oder in besonderem Ausmaß leistet.“ [2]

Ob ich ohne sie überlebt hätte?

Als sie starb, so früh, so unvorbereitet für uns, so klagend mein Herz, da stand ich an ihrem Grab, und ich wusste es plötzlich: Es war die Mutter, die ich verloren hatte.

Sie hatte mich gehütet von Anfang an, hatte mir Lieder und Geschichten zugetragen und war mir Vorbild gewesen in so vielem. Mit ihr hatte ich gelitten, wenn sie litt.

Ach Mutter, wo warst du, als ich dich brauchte?

Du hast – so empfinde ich es noch heute – mir in deinem Wahn alles genommen. Meine Liebe, meine Ehre, mein Wachsen, mein Ich, mein Lied und meinen Sternenhimmel. Und du hast jene Worte gesagt, die dann so spät in meinem Leben diese Trauer auslösten da auf dem Heimweg nach der Therapiestunde.

In welchem Zusammenhang du sie gesagt hast, erinnere ich nicht mehr, aber ich weiß noch genau wo ich stand, dort in der Küche, vor dir.

---

2 Aristoteles: Rhetorik

„Besser, du wärst gestorben damals als Säugling, als mir jetzt diese Schande zu bereiten." Ob ich in diesem Moment überhaupt begriff, was diese Worte bedeuteten? Sie müssen an meinem Bewusstsein vorbei sofort ins Dunkel gefallen sein, sich verborgen haben bis zu ihrem Ausbruch auf der Hospitalstraße.

Von damals, von dieser Lungenentzündung, hattest du mir schon als Kind erzählt, und ich war immer berührt gewesen von meiner Rettung. Ein halbes Jahr alt sei ich gewesen, als diese schwere Erkrankung mich wieder zurückzuholen drohte aus dem Leben.

Eine „doppelseitige" Lungenentzündung sei es gewesen, betontest du immer, wohl um die Schwere der Erkrankung zu unterstreichen. Es muss Dezember oder Januar gewesen sein, wenn ich von meinem Geburtstag ausgehend nachrechne. Und es war im vierten Kriegsjahr. Es habe keine Medikamente gegeben, sagtest du, und vor allem kein Penicillin. Das Fieber habe in mir gewütet, und der Arzt, den du gerufen hattest, sei zwar durchs Dorf gefahren, aber nicht zu deinem kranken Kind gekommen.

Und dann, in dieser einen Nacht, in der die

Krankheit ihren kritischen Höhepunkt erreichte, da habe die Oma, deine Mutter, an meinem Bettchen gewacht und mir Wadenwickel gemacht gegen das Fieber. Mein Leben habe nur noch an einem seidenen Faden gehangen, und du in deiner Verzweiflung seist hinaus vor die Haustür getreten, habest zum Himmel hinauf nach deinem Gott gerufen, er möge das Schicksal wenden und mich retten. Oder mich erlösen von meinem Leiden und zu sich nehmen.

In dieser Nacht sei das Fieber gefallen, und ich sei am Leben geblieben. In deiner Erzählung war für mich auch immer dein Glaube an eine Gebetserhörung spürbar, jene der Bitte um Rettung. Und vielleicht fühltest du dich dadurch erneut in die Pflicht genommen, für dieses Leben einzustehen.

So kam es also, dass ich dir blieb.

Und nun, in dieser Belastungssituation wünschtest du mir nachträglich doch noch den Tod, warfst mir mein Leben vor, als sei es nicht wert, gerettet worden zu sein, nicht wert, so viel Mühe darauf verwandt zu haben.

Kein Ich in mir stand auf, um sich zu wehren.
Ich verstummte, wurde wie tot innen drin.

Ein Mechanismus, der mich, wie ich heute weiß, schützte.

Daneben aber gab es auch einen Impuls, der diesen Zustand beenden wollte. Ich sann darüber nach, wie ich mich selbst töten könnte. Ich hatte ja alles verloren. Franz, mein Zuhause, mich, die ich gewesen war.

Ich durfte unweit des Hauses, oben im Wald allein umhergehen. Das hattest du zugelassen.

Dort verkroch ich mich in meine Gedanken. Ich erinnere mich daran, dass ich mit einer Selbsttötung auch euch treffen wollte. Meine Schande sollte auf euch, die eigentlich Schuldigen, zurückfallen. Das Gerede im Dorf, so vermutete ich, würde kippen, und die bis dahin erzählte Geschichte in Betroffenheit umschlagen. Es tat mir gut, mich in diesen Gedanken zu ergehen.

Und doch: Unter dieser Dunkelschicht lag auch ein Noch-leben-Wollen.

Irgendwann dann im Laufe dieser Zeit meldete sich mein Körper mit Schmerzen. Mit Bauchschmerzen, und auch die Beine taten mir weh, wurden so komisch ungelenk und steif, als wollten sie mich nicht mehr tragen. Bei dir schlugen erneut alle Alarmglocken an. Sollte da nicht doch noch etwas nachkommen? Eine Schwangerschaft, ein Kind? Ich erfasste, was du dachtest, ohne dass du es aussprachst. Der Hausarzt, den ihr herbeigerufen hattet, schickte mich zum Röntgen. Vater begleitete mich in das Krankenhaus der nächsten Stadt. „Magengeschwüre“ diagnostizierte der Arzt. Während der Untersuchung hatte ich mich übergeben müssen und geweint, und der Arzt, im anschließenden Gespräch mit dem Vater, sagte: „Sie haben da ein sehr sensibles Kind.“ Diagnose und Verhalten müssen ihm seltsam vorgekommen sein, vermute ich, wenn ich von heute aus noch einmal da hinsehe.

Ich wurde für drei Wochen stationär im Krankenhaus aufgenommen. Deiner Küche war ich damit vorerst entronnen. Meine Bettdecke gab mir Schutz. Ich wickelte mich in sie hinein und dachte an Franz und fühlte meine Liebe noch vorhanden unter all dem Zertretenen.

Ihr besuchtet mich.

Ihr saßt da an meinem Bett. Aber ich wollte euch nicht sehen und nicht mit euch reden. Was denn auch? Ich war froh, wenn ihr wieder gingt. Als die Entlassung anstand, gab ich, um noch bleiben zu können vor, immer noch Schmerzen zu haben. Aber meine Schutz- und Schonzeit war zu Ende.

Ich kam wieder zurück zu euch.

Wann und wie ich etwas davon mitbekam, was geredet wurde über mich im Dorf, das weiß ich nicht mehr. So sehr du dich auch bemüht haben magst, einen Schleier über „meine Schande" zu ziehen, wanderte mein Fall in Andeutungen und vermeintlichen Gewissheiten durch die Mäuler. Und eine Frau, die ihr Mundwerk auch sonst schon nicht im Zaum hatte halten können, verbreitete die Vermutung, mir wäre ein Kind „weggemacht" worden da im Krankenhaus.

Es nützt in solcher Situation nichts, etwas geraderücken zu wollen. Die gefasste Meinung ist zehnmal stärker als jedes wahre Wort, das die Unschuld beteuert.

Ihr aber müsst erst einmal erlöst gewesen sein, dass nichts dergleichen nachgekommen war.

Die Atmosphäre in der Küche entspannte sich. Nach und nach wuchs – die gängige Redensart bestätigend – Gras über die Geschichte. Und über den Riss zwischen uns entstanden langsam wieder begehbare Brücken.

Was wirklich geschehen war, wurde nie aufgeklärt. Mit meinem Erleben von Scham und Schande, mit meinem Verworfen- und Ausgegrenztwerden blieb ich allein. Niemand revidierte das Fehlurteil. Niemand wusch mir den Schandfleck von der Seele. Ihr nahmt mich wieder an, so, als hättet ihr zwischendurch nur den Faden verloren gehabt, den ihr nun, als sei nichts gewesen, wieder aufnahmt.

Sind euch später einmal Zweifel gekommen an meiner Schuld? Habt ihr nachträglich doch noch einmal Mitgefühl mit mir empfunden?

Von heute aus verstehe ich, was du, Mutter, wolltest: Mir eine Lehre erteilen. Ein für alle Mal. Hart und unerbittlich. Weder deine Frömmigkeit noch irgendeine andere Weisung waren imstande, Vernunft walten zu lassen.

Und Franz, meine erste Liebe: Von außen hattet ihr sie mir abgeschnitten, hattet mir Franz verboten. Doch was äußerlich niedergemäht wird, stirbt nicht zwangsläufig. Damals und weiterhin, mein ganzes Leben lang, blieben Franz und diese erste Liebe in mir lebendig.

Einmal noch sind wir einander begegnet. Unter schmerzlichen Umständen. Resignierend nannte Franz unsere Liebe eine Episode.

Das Leben ist stark. Und schön, wenn es so sein darf, wie es uns gegeben ist.

Es öffneten sich neue Wege für mich: Eine Arbeitsstelle in der nahen Stadt, eine berufliche Ausbildung. Ich begegnete Menschen, die mich förderten.

Ich konnte mir neue Horizonte erschließen.

Und es gab hin und wieder Momente, wo ich triumphierte, wo ich mir etwas nahm, was du mir verboten hattest. Du erinnerst dich an den Amethysten? Eines Tages kaufte ich mir einen. Einen schön gefassten Stein als Anhänger. Ich legte ihn auf die blanke Haut über meinem Herzen. Draußen auf der Straße schien die Sonne, ein lauer Wind streifte mein Gesicht und ein intensives Gefühl von Frei-und-stark-Sein überkam mich. Ich hatte mir etwas zurückgeholt, was du mir genommen hattest. Deine Macht über mich war gebrochen.

Und nun, mit diesen Briefen hier an dich habe ich mir auch meine Stimme zurückgeholt, die damals und all die Jahre danach verstummt war.

Mit dem Erzählen meiner Geschichte habe ich ihr Worte gegeben, habe dem Fehlurteil meine Wahrheit entgegengestellt.

Ich habe mich freigesprochen.

Ich bin ich.

Und ich bin in Ordnung.

Montag, 11. März

Und nun ist es an der Zeit, mich umzudrehen und zu versuchen, dich, die andere, die du auch warst, zu sehen.

Ich will dir gerecht werden, will nicht, dass nun dir durch mich ein Unrecht geschieht.

Doch was weiß ich eigentlich von dir?, frage ich mich.

Was wissen wir Kinder denn von unseren Müttern, was über ihr Lebensgefühl in ihrer Rolle als Frau und Mutter in eben dieser, unserer Familie? Und was über die Zeit, in der sie groß geworden sind, welche Erfahrungen sie geprägt haben und welche Überlebensmechanismen sie gezwungen waren zu entwickeln.

Nichts geschieht für sich allein, immer ist das Vorhergehende ein Mitspieler in unserem Tun.

Das, was durch eigenes Erleben oder auch vom Hörensagen an Bildern zu mir kam, will ich noch einmal anschauen.

Da ist zunächst einmal deine Kindheit, von der du mir selbst erzählt hast.

Du bist nur unweit von uns in einem Nachbardorf groß geworden.

Du warst das Jüngste von drei Kindern, und bereits ein Jahr nach deiner Geburt brach der erste Weltkrieg aus, und dein Vater starb schon zu dessen Beginn an einer Verwundung mit anschließender Blutvergiftung.

Ihr, deine Mutter zur jungen Witwe mit drei kleinen Kindern und du und deine Geschwister vaterlos geworden, wart damit in Not und Armut geraten. Du hast mir berichtet, dass Hunger euer fast täglicher Begleiter war und gar manches Mal über Nacht kein Brot im Hause gewesen sei.

Eure Mutter habe neben der Bewirtschaftung des eigenen kleinen Ackers bei den Bauern als Tagelöhnerin gearbeitet und manche Nacht sogar auch noch an deren Waschbottichen gestanden und Wäsche gewaschen.

Da kann für euch Kinder nicht viel Zeit übriggeblieben und auch kein langes ‚Federlesen' um eure Befindlichkeiten gemacht worden sein.

Als kleines Kind habest du während der Abwesenheit deiner Mutter im Pferch, einer Art Laufställchen, auf dem Hof gestanden. Und später einmal, als du schon erwachsen warst, habe dir eine Nachbarin erzählt, was sie mit angesehen hatte damals: Du habest – wohl vor Hunger – deine eigenen Exkremente in den Mund genommen.

Das erschüttert mich zutiefst, Mutter. Es fällt mir schwer, es hier noch einmal zu erwähnen.

Aber es gehört zu deiner Geschichte.

Und zu deiner Zeit.

Nach dem Krieg kam die Inflation.

Und auch dazu gibt es eine Erzählung von dir. Du, inzwischen ein halbwüchsiges Kind, seist von der Mutter losgeschickt worden ins Nachbardorf, um für sie die Witwenrente abzuholen und umgehend für die ganze Rente Brot zu kaufen. Als du heimkamst und nur ein einziges Brot mitbrachtest, habe dich die Mutter geschimpft: „Habe ich dir nicht gesagt …"

Aber nur dieses eine Brot hatte es gegeben für die ganze Rente. Ein Brot für eine Mutter und drei Kinder für einen ganzen Monat!

Da wird mir das Herz weich. Ich versetze mich in deine, deiner Geschwister und deiner Mutter Lage.

Was für eine Not! Was für eine Zeit! Undenkbar für mich, rückblickend auf meine eigene Kindheit und meine eigene Zeit als Mutter.

Wie muss dich das geprägt haben, wie deine Strategien vorgespurt und ein Verhalten erzeugt haben, das wir später manchmal nicht verstanden, wenn du so sparsam warst und die Vorräte so streng hütetest.

Nach der Entlassung aus eurer Dorfschule, vierzehnjährig, hat deine Mutter dich als Magd auf einen Bauernhof gegeben. Das war damals vielfach das Los von Kindern ‚geringer Leute'.

Wie schmächtig du da noch gewesen sein wirst und wie hart du da wohl schon hast arbeiten müssen!

Sechs Jahre lang hast du gedient, auf zwei verschiedenen Höfen.

Wie und wann du dann Vater kennen gelernt hast, davon hast du mir nie etwas erzählt.

An Silvester 1933, du warst zwanzig, der Vater einundzwanzig Jahre alt, habt ihr geheiratet, und schon gleich, neun Monate später, kam euer erstes Kind auf die Welt. Lene. Da blieb wohl kein Zwischenraum zum Verschnaufen für dich. Da ging es von einem Umstand in den anderen hinein.

Der Vater hatte zu diesem Zeitpunkt bereits seinen Meister im Malerhandwerk und sich selbstständig gemacht. Und in seinem Dorf hatte sich der Erwerb eines schönen alten Fachwerkhauses angeboten. Es war alles da, denke ich, um euch einzurichten auf ein eigenes, einigermaßen gesichertes Leben.

Drei Jahre nach Lenes Geburt kam Hannes zur Welt. Ihr – Vater, Mutter, zwei Kinder – das war eine vollständige Familie.

Waren es gute, gar glückliche Jahre?

Es gibt ein Foto von euch: Du, Vater, Lene und Hannes vor dem Haus.

Mir kommt es so vor, als sei es das Dokumentieren- und Festhalten-Wollen eines Status Quo, vielleicht angesichts der kurz bevorstehenden Trennung der Väter und Männer von ihren Familien, kurz bevor es los ging mit dem Krieg, mit einem zweiten für euch, die ihr als Kinder bereits den ersten mit seinen bitteren Folgen erlebt hattet.

Vater wurde eingezogen.

Du bliebst mit den beiden Kindern allein, ohne Mann an der Seite.

Das war kein Einzelschicksal damals, aber wohl jedes einzelne eine Herausforderung für euch Frauen und Mütter.

Mitten im Krieg dann, Hannes war bereits sechs und Lene neun Jahre alt, da kam – ungerufen und dir nur in den Schoß gefallen? – noch ein drittes Kind, ich, eine Nachzüglerin, dazu. Ich weiß nicht, woher mein Gefühl kommt: Mir ist, als sei ich eins zu viel gewesen in dieser Situation und eher eine zusätzliche Belastung als ein gefühltes Glück für dich.

Vater kam körperlich unversehrt aus Krieg und Gefangenschaft zurück. Es werden schwere Jahre gewesen sein, Jahre allgegenwärtiger Verluste, aber auch Jahre des Wiederaufbaus und der Kräftigung.

Ihr habt offensichtlich alle Herausforderungen gemeistert. Ihr wart tüchtig und geschickt, der Vater draußen in seinem Handwerk, du drinnen in Haus und Hof, im Herstellen und Beschaffen all dessen, was nötig war, um uns zu versorgen mit dem Lebensnotwendigen, und im sparsamen Umgang mit dem Geld, das der Vater heimbrachte.

Einen Haushalt zu führen und eine Familie zu versorgen, das war so anders damals, nicht so einfach wie heute, wo wir für fast jede anfallende Arbeit per Knopfdruck eine elektrische Maschine in Gang setzen können.

Es kam kein warmes Wasser aus der Leitung. Es gab keinen Knopf, an dem man nur zu drehen brauchte, um die Stube zu wärmen. Es gab keine Waschmaschine und erst recht keine elektrischen Trockner. Im großen Kessel unten in der Waschküche hast du die weiße Wäsche gekocht, die bunte danach hineingetan, beide mit der Wäscheglocke gestampft, in kaltem Wasser mehrfach nachgespült, von Hand ausgewrungen und draußen auf der Leine getrocknet.

Es gab keine Spülmaschine, keinen Kühlschrank und keinen Staubsauger. Auch kein Klo mit Wasserspülung, nur ein Plumpsklo draußen auf dem Hof mit Jauche in der Grube, die ausgepumpt und aufs Feld gefahren werden musste.

Weder Kuh noch Pferd standen bei euch im Stall, die einen Ackerwagen oder einen Pflug hätten ziehen können, um den kleinen gepachteten Acker zu bearbeiten. Alles musste mit eigener Kraft bewerkstelligt werden.

Ich habe gesehen, wie du mit der Sense das Korn auf dem Acker geschnitten und das Gras auf dem großen Wiesengrundstück Strich für Strich niedergemäht, es gedörrt und als Winterfutter für die Tiere bevorratet hast.

Den Garten hast du bestellt, gesät, gejätet und geerntet, hast Gemüse und Obst – alles was wachsen wollte – angebaut, es frisch auf den Tisch gebracht oder für den Winter konserviert.

Im kleinen Stall nebenan hieltst du Ziegen und draußen auf dem Hof Hühner und manchmal auch Gänse oder Enten und im Drahtkäfig an der Schuppenwand die Hasen. Jedes Frühjahr kamen zwei Ferkelchen dazu, die du großzogst und die dann im Winter als fett gefütterte Schweine geschlachtet wurden und uns für ein ganzes Jahr mit Fleisch und Wurst und Speck versorgten.

Wie viel Wissen und Können dazu gehörten und welch ständigen Einsatz das erforderte!

Im Winter hast du drinnen die Wäsche und unsere Kleidung ausgebessert, hast neue Schürzen genäht und hast gestrickt: Strümpfe, Pullover und Strickjacken.

Du stricktest gern. Und gut. Komplizierte Muster mit mehrfarbiger Wolle – Sterne und springende Hirsche als Borte – und Zopfmuster, Noppen- und Lochmuster.

Und die Hausschuhe, die du selbst herstelltest – wie bequem sie waren!

Aus Stoffresten, mehrlagig übereinander gesteppt, entstanden die Sohlen, aus Loden oder

Manchester das Oberteil. Eine hübsche kontrastierende Paspel fasste die Schnittkanten ein.

Zu Weihnachten dann lag für jeden von uns ein neues Kleidungsstück unterm Christbaum.

Ach Mutter, ich kann gar nicht alles aufzählen, was du an Arbeit geleistet hast.

Da blieb gewiss wenig Freiraum für die Erfüllung eigener Wünsche, für Zeiten der Muße und Entspannung, und da war jede weiter hinzukommende Belastung, etwa durch Ungehorsam oder Ungeschick von uns Kindern, schnell eine zur Überreaktion führende.

Und dann, eines Tages, es war mitten im Sommer, kam auch noch dieses große Unglück über euch und uns Kinder.

Unser Haus brannte.

Ein Feuer, in der Scheune des Nachbarn entstanden, hatte darauf übergegriffen.

Das Haus, das uns Sicherheit und Geborgenheit gegeben hatte – plötzlich, von einem Tag auf den anderen war nichts mehr von ihm übriggeblieben als ein paar schwarz gebrannte Balken und vom Löschwasser durchweichte Wände.

Im Juli war das passiert, und noch bevor der Winter kam, stand oben im Garten der Rohbau eines neuen Hauses, mit einem Dach wieder über unseren Köpfen, nass noch und kalt, aber mit einem eigenen Herd.

Was euch da abverlangt worden ist an körperlichen und mentalen Kräften und wie viele sorgenvolle Tage und schlaflose Nächte es gegeben haben mag für euch, das habe ich als achtjähriges Kind noch nicht, oder allenfalls nur atmosphärisch, erfassen können. Es wird mir nachträglich verstehbar, wie du reagiertest, dass du ungehalten warst und mich schimpftest, ich sei „zu nichts zu gebrauchen“, als ich die Suppe, die auch für die Handwerker gedacht war, anbrennen ließ, anstatt sie fleißig umzurühren.

Montag, 25. März

Liebe Mutter, diese Bilder, die ich mir hier noch einmal in Erinnerung gerufen habe, sind nur Stückwerk. Es ist der Versuch, ein Gegengewicht in die Waagschale zu werfen zu meinen Klagen über erlittenes Unrecht.

Es gäbe noch so viel mehr zu erzählen über dein und unser gemeinsames Leben. Aber das würde über den Rahmen dieser Briefe hinausgehen. Vielleicht nur dieses noch: Nach dem Eklat damals gab es irgendwann wieder so etwas wie Normalität zwischen euch und mir. Ihr habt mich wieder angenommen und mich unterstützt auf dem Weg in ein eigenständiges Leben. Ihr habt später meine Kinder gehütet und geliebt. Ich bin gerne nach Hause gekommen.

Meine Geschichte von damals ist mit diesen Briefen an dich, mit dem Noch-einmal-alles-Anschauen- und-Durchleben zu Ende gefühlt. Ich kann sie weglegen.

Ich habe getan, was ich tun musste: Reden!

Und ich habe meinen Weg zu dir frei gemacht. Ich spüre, es gibt sie noch, die Liebe, wie sie mir natürlich gegeben war, eine eingeborene, unauflösbare, aller Unfähigkeit und allem Versagen trotzende.

Du bist meine Mutter.

Und ich bin dein Kind.

Das Band zwischen uns ist nicht zerrissen.

Ich empfinde großen Respekt und Dankbarkeit für das, was du geleistet hast, du mit Vater zusammen, für mich und uns Kinder, für uns als Familie und auch für all das, was in diesen Briefen nicht zum Vorschein kam.

Das Leben ist ein wunderbares Geschenk.

Ich danke dir für mein Leben, das du mir schenktest und das ich mit allen meinen Sinnen aufgenommen und geliebt habe.

In dem Krankenhaus, in dem du mich geboren hast, fand ich später einmal, während eines Besuches dort, an einer Wand der Eingangshalle diese Worte geschrieben: „Was von Herzen kommt, wird den Weg zum Herzen finden."

Ich vertraue darauf, dass meine Briefe den Weg zu dir finden.

Deine Marie

Kurzvita

Marie Schäfer, Jahrgang 1943, aufgewachsen in einem kleinen hessischen Dorf der 40er und 50er Jahre. Berufsausbildung zur Krankenschwester. Fachschwester für Psychsomatik/Psychotherapie. Gesundheitspädagogin.
Sie hat Bücher zur Kindheit auf dem Dorf und zu ihrer Muttersprache, der Mundart ihres Dorfes, geschrieben.